SEUL DÉPOT CHEZ FLEURDEL....

AVENUE DE LA GARE, SOUS LES ARCADES, A NICE

Prix : 50 *centimes*

LE

SUICIDE

N° 9

UNE PAGE DE PLUS

AU JOURNAL

LE CARCAN

AVIS AUX LECTEURS

SUIVI D'UNE HUMBLE SUPPLIQUE

A S. A. S. MONSEIGNEUR CHARLES III

PRINCE RÉGNANT DE MONACO

PAR L. SMYERS

1875

LE SUICIDE N° 9

UNE PAGE DE PLUS
AU CARCAN

PAR L. SMYERS

UN MOT A MES LECTEURS

On a diversement interprété la suspension momentanée du *Carcan*. J'aurais pu répondre plus tôt aux nombreuses causes qui ont été assignées à cet arrêt, que j'avais cependant expliqué dans le N° 16 qui parut le dernier. J'ajoute que d'autres occupations m'ont empêché de le faire reparaître au début de cet hiver.

Les uns on dit, il est las, et il se croit suffisamment vengé.

D'autres se plaisaient à dire, que mon sac était vide, que les arguments me faisaient défaut. Comme si la hideuse organisation qui trône sur le rocher de Monte-Carlo ne fournissait pas incessamment des arguments à l'indignation des honnêtes gens !

Puis venaient les appréciations des vieux habitués, amis de la maison, qui, cloués sur le roc infâme comme le fut le malheureux Rataboul (jusqu'à ce que, complètement ruiné par elle, la noble administration du guêpier le mît à la porte).

Parmi ceux-là, on racontait, que j'avais eu peur d'un monsieur qui se dit et se croit bravement, peut-être, de très-bonne foi, un grand publiciste, et dont le moindre malheur n'est pas de passer, à tort ou à raison, pour un rude écrivain. . . . de lettres anonymes.

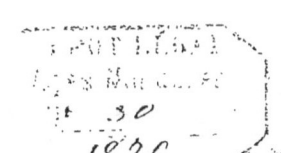

Il me vient des réflexions bien tristes quand je songe qu'il y a, en cet endroit pourri, des hommes honnêtes, aveuglés, depuis longtemps inféodés, incrustés, enchassés, dans ce pus, comme des pierres précieuses dans un kyste.

Enfin, vient la dernière espèce d'appréciateurs. Ceux-là, payés par les malandrins de la bande dorée, font courir le bruit que j'avais atteint mon but, que j'avais été grassement payé; que le chantage était accompli.

CEUX-LÀ EN ONT MENTI !!!

Ces taupes nocturnes et anonymes, qui ont un couteau dans leur poche, ces surineurs trop peureux pour se servir de leur eustache à fromage, vont sortir à nouveau de l'égoût où ils grouillaient depuis que le *Carcan* était au repos. Ils croient déjà le voir reparaître, pour pouvoir toutes les semaines aller tendre leur main impure, crasseuse et crochue, au guichet des dépenses secrètes de Cartouche et compagnie.

Allons ! les crottés, les absinthés, les condamnés, les useurs d'asphalte, les ivrognes, les poissons à dos zébrés, reprenez vos plumes. Voilà la petite caisse des dépenses infâmes de Blanc qui va s'ouvrir pour vous.

Les maigres pièces de cent sous qui vont vous être jetées, comme on jette par une fenêtre, de peur d'être mordu, un os à des chiens qu'on croit enragés, vont permettre aux uns de payer leurs cigares, aux autres d'avoir une culotte, à ceux-ci de se saoûler, à ceux-là, de quitter momentanément l'exploitation trop peu productive du commerce d'Arthémise et de Paméla, à tous de me jeter l'ordure qui couvre les défroques qu'ils vont pouvoir remplacer, y compris les poux qu'elles contiennent.

Mais vous devez être contents de moi, mes drôles, puisque je vais vous faire manger pendant quelque temps !

Allons, Nouardac, aiguisez votre sabre anonyme, me voilà revenu. Allez vite trouver madame Marie Blanc, baisez-lui la main, et, un genou en terre, déposez à ses pieds de reine de tripot, votre heaume, votre lance, votre cuirasse et votre platitude, afin qu'elle bénisse le tout, y compris la bête !

En selle, grand homme, et coiffé de l'armet de Mambrin, préparez vos coups. Vous avez eu du temps pour fouiller dans mon passé; vous devez être muni de documents authentiques, de pièces écrasantes, de blocs que votre vigoureuse main de titan étique va me lancer sur la tête. En selle donc, et que Dulcinée vous verse le coup d'étrier !

Eh! bien non! Chiens couchants, à face humaine, ce n'est pas encore le *Carcan* qui reparaît. Non, valets plats et insuffisamment bâtonnés, je ne puis encore vous donner à ronger l'os que vous avez cru entrevoir. Le moment n'est pas encore venu. Attendez, et cela viendra, je vous le promets.

Aujourd'hui, je ne fais qu'ouvrir ma fenêtre, sous laquelle vous bâillez déjà, je ne vais que jeter le contenu d'un vase à anse, comme vous en avez tant vidés!

Vous avez soif, peut-être!!!

Ce qui me fait écrire, c'est que je ne veux pas laisser vieillir la *jolie* série de suicides qui vient, en peu de jours, de souiller le pavé de Nice, de Cannes et autres lieux :

CINQ SUICIDES PAR MONACO EN MOINS D'UN MOIS !!!

N'est-ce pas, les essuyeurs de sang, que c'est joli ? Mais, le sang répandu, ne trouble pas les gens de la cagnotte à millions.

Si on pouvait réunir, dans le bassin qui se trouve devant leur Casino, celui de tous les suicidés ruinés par l'infâme commerce qu'ils exploitent, il y en aurait assez pour les y noyer tous !!

Malheureusement, je ne prévois pas qu'ils puissent aller le cuver ailleurs qu'en enfer.

Ces gens sans religion, sans aucune foi, sans autre principe que l'or, ne s'émeuvent plus de rien.

Non! Le sang des suicidés n'émeut ni les Blanc, ni les

Stemler, ni les Wagatha, ni les Berthora, ni les Cliquoras, ni les Chenapanoras et autres gars, *et cœtera, et cœtera*.

Aussi, chers lecteurs, ce n'est pas à cette espèce que je vais m'adresser aujourd'hui.

J'ai cinq suicides récents à constater. Ce sont cinq entre parenthèses au *Carcan*.

Pour tâcher de faire disparaître cet immense stolon cancéreux, qu'on appelle le Casino de Monte-Carlo, il faut l'intervention puissante d'un honnête homme, mû par les meilleurs sentiments. Le seul qui tient en main le scalpel, pouvant faire l'amputation qui doit guérir d'une maladie mortelle le corps social environnant.

Cet honnête homme je l'ai trouvé *Euréka*, et je l'ai trouvé sans lanterne.

J'aurais pu adresser ma supplique au secrétaire-général de la principauté, le sieur de Payan du Moulin ; mais, ce petit bonhomme, à tête de Chinois en délire d'opium, l'aurait arrêtée à l'antichambre.

C'est donc à Son Altesse Sérénissime, le Prince de Monaco lui-même, que je m'adresse pour voir faire justice, en lui racontant l'un des cinq suicides. Je me réserve de raconter les autres à des dames, dont l'intervention peut être utile à la cause que j'ai prise en main, sans autre mobile que celui de faire supprimer un abus criminel, tout en servant ma propre vengeance.

L. SMYERS.

A SON ALTESSE SÉRÉNISSIME

MONSEIGNEUR CHARLES III

PRINCE RÉGNANT DE MONACO

MONSEIGNEUR,

Si j'avais voulu raconter à votre Altesse, de vive voix, ce qui va suivre, je n'aurais pas obtenu audience. Le secrétaire de ses commandements s'y serait opposé. Il sait en effet toujours s'arranger de façon, à ce que les choses que le *Phare du Littoral* appelle des *incidents*, et qui arrivent à la suite d'exercices sans trapèze, faits chez Charles Blanc, votre concessionnaire, restent ignorées de Votre Altesse.

Je suis persuadé cependant (et en cela, je suis d'accord avec l'opinion publique), qui croit que votre Altesse ne veut que le bien de ses sujets.

C'est mû par cette persuasion, que je viens l'instruire du suicide qui a fait grand bruit à Nice et aux environs, d'un homme presque vieux, ancien notaire, qui avait cru, qu'on pouvait jouer d'une façon durable sans se ruiner, sans se déshonorer, sans se tuer!

Le *Phare du Littoral*, monseigneur, est un journal démocratique, qui croit donner à Nice et aux environs, le ton de la bonne politique, qui a des députés dans sa manche, qui se prend bravement au sérieux, en pivotant sur un axe mobile selon la couleur du jour.

Le chroniqueur chargé dans cette feuille de chou rouge, de rendre compte des suicides ayant pour cause la ruine au jeu, a pour mission (qu'il remplit à la grande satisfaction de la maison C. Blanc et Cᵉ) de les présenter au public, tantôt en disant qu'il a vu le suicidé, et qu'il avait les mains trop sales (le suicidé bien entendu) pour être admis au Casino. Tantôt que la cause du suicide est inconnue. C'est ce qu'a fait ce véridique journal, lorsqu'il a annoncé la mort de M. Rataboul, après que le cadavre de celui-ci fut découvert sur les rochers du bord de la mer à Nice.

Je puis cependant donner à votre Altesse, l'assurance absolue, que l'écrivain de cet entrefilet mensonger, connaissait M. Rataboul, assez, pour ne pouvoir attribuer sa mort qu'à la ruine par le jeu. Il l'avait en effet assez souvent rencontré à la roulette, dont il doit très-bien connaître le mécanisme. Je prie donc votre Altesse d'accepter cette rectification aux affirmations du *Phare du Littoral*, journal démocratique, et de croire absolument vrais, les détails qui suivent, sur la mort de M. Rataboul.

Je me repose sur votre immense bon sens, monseigneur, et sur votre grande justice, pour être persuadé, que lorsque vous aurez appris par ma voix les quatre derniers suicides qui ont eu lieu en moins de huit jours pour la même cause, votre Altesse prendra des mesures immédiates, pour clore l'ère du sang versé, tant dans ses états, que dans les environs.

Voici donc celui des derniers suicides que j'ai à signaler à votre Altesse.

Le 15 février 1875 M. Rataboul Pierre, ancien avocat, ancien notaire, ayant demeuré longtemps à Monaco, et demeurant depuis quelque temps à Nice, s'est précipité du haut du rocher de Roba-Capeu dans la mer. Son cadavre fut repêché vers 4 heures, par des mariniers, qui le portèrent à la Morgue, où son identité fut constatée.

On trouva dans sa poche un petit carnet sur l'un des feuillets duquel il avait écrit:

L'extrait de l'acte de naissance est sur la table de la chambre et..., et..., à la Condamine.

Lundi à midi et demie. Que le châtiment soit égal au crime..... au forfait..... Déshonoré dans un Monaco, je pardonne à tous..... Voltaire et (ici un mot illisible).

M. Rataboul était né à Villeneuve sur Lot (Lot-et-Garonne) le 17 avril 1816. Il avait donc 58 ans.

Il était depuis plusieurs années à Monaco, un des assidus joueurs à la roulette, et il s'y était ruiné. La perte de son argent, monseigneur, ne serait rien, mais il avoue lui-même qu'il y a été *déshonoré*, et il s'est condamné à mort, voulant dit-il, *que l'expiation soit égale au forfait..... au crime.....*

Si M. Rataboul s'accuse de *forfait*, de *crime*, on ne saurait nier qu'il dise vrai, car l'homme ne ment pas devant la mort.

Je ne chercherai pas, monseigneur, à découvrir quel peut avoir été le forfait de M. Rataboul; il serait peu généreux de souiller sa mémoire, mais il dit: *Déshonoré dans un Monaco*. Voilà donc la cause du *forfait*, du *crime*.

Eh! bien, monseigneur, voilà le fait que je voulais faire connaître à votre Altesse, parce que je suis certain, que le grand secrétaire de ses commandements ne le lui raconterait pas. Mais, lorsqu'un prince régnant est avisé de ce qui peut être appelé plus qu'un abus, il me vient la conviction, que prompte justice sera faite.

Votre Altesse a promulgué une loi contre les duellistes, qui, prenant la principauté de Monaco pour un champ clos, où ils pouvaient impunément aller se donner un coup d'épée ou de pistolet, se mettaient ainsi à l'abri des lois de leur pays.

Cette sage mesure, qui fait respecter le territoire de votre Altesse, par ceux qui ne craignaient pas d'y verser le sang humain, s'étendra, jen suis convaincu avant peu jusqu'aux malheureux qui auraient l'envie de s'y suicider.

Les suicides qui se commettent sur le territoire de votre Altesse, ne constituent que le petit nombre. C'est généralement à Nice que les dépouillés du Casino viennent se tuer.

Je croirais manquer à mon devoir en ne signalant pas au meilleur des princes, que le suicide de M. Rataboul, dont la personne était très-connue, y a produit une profonde et impérissable impression. Mais, d'autres suicides non moins retentissants, sont depuis venus émouvoir l'opinion publique !

L'habitude de prendre le territoire de Monaco pour un champ clos où on pouvait aller impunément croiser le fer avec son ennemi, s'était enracinée, au point d'appeler l'attention de votre Altesse, et de provoquer de sa part un décret. On ne saurait nier, monseigneur, qu'elle a un peu pris sa source dans la fréquence des suicides que cause la ruine par le jeu. Le sang semble appeler le sang !

Quand on trouve un pendu à un olivier séculaire de la principauté de Monaco, ou un cadavre ayant la tête fracassée, et tenant encore en main le pistolet de la mort, y a-t-il moins d'intérêt pour la morale et la société à supprimer ce que la loi de Dieu appelle un crime, qu'à interdire le duel ?

Souvent ces êtres malheureux, victimes d'une passion malheureusement encore permise et par conséquent encouragée, et, qui auraient pu vivre selon les lois divines et humaines, par un travail honorable en dirigeant leurs actes vers un but utile, laissent en se tuant des écrits accusateurs, qui ne sauraient être taxés de mensonge, car, je répète encore une fois, monseigneur, que l'homme qui va mourir ne ment pas, fût-il même un criminel !

On ne saurait vous faire l'injure de croire, monseigneur, qu'il est moins important pour votre Altesse, qu'on se suicide à tout moment dans ses États, que d'y voir croiser l'épée pour vider une querelle.

Depuis que la loi sur le duel existe, il n'y a plus d'exemples qu'on s'y soit battu, et je suis persuadé, que l'avenir prouvera l'efficacité de cette loi, qui existe en Belgique, et qui devrait exister partout.

Votre Altesse pourra me répondre, qu'elle ne saurait rendre un décret contre le suicide. Evidemment un tel décret serait une lettre morte.

Mais, monseigneur, n'y aurait-il donc rien à faire contre tant de sang répandu ?

Nous sommes d'accord, j'en suis persuadé, pour reconnaître, qu'il y a là un mal immense.

Je suis également très-persuadé, que votre Altesse saurait un gré infini à celui qui lui donnerait un moyen d'éviter les nombreuses morts que cause le désespoir dans ses États.

J'ai longuement réfléchi, monseigneur, j'ai beaucoup cherché dans l'espoir de vous procurer cette panacée. Hélas! tous les moyens que j'ai rêvés, sont des utopies irréalisables!

Un décret qui prohiberait les armes dans la principauté, n'empêcherait pas l'existence et l'emploi des cordes, et en admettant même que les cordes pussent être supprimées, il resterait la hart et les cravates. Tout cela pût-il même se supprimer, qu'il resterait encore le chemin de fer, que votre Altesse est impuissante à faire supprimer, et sur les rails duquel on s'est déjà fait couper la tête.

Il importe donc monseigneur d'avoir un autre remède à ce mal déshonorant pour l'humanité, presque autant que pour ceux qui le commettent. Je dis pour l'humanité monseigneur, cela veut dire, pour la société ambiante au mal, pour ceux qui, bien qu'ils en gémissent, ont la douleur d'être obligés de le subir, de le constater, et qui sont impuissants pour le supprimer.

Vous seul monseigneur avez la puissance nécessaire à la réalisation de cette œuvre d'humanité, de justice et d'honneur. Et je viens respectueusement déposer aux pieds de votre Altesse Sérénissime, non-seulement ces réflexions, mais une proposition que la noblesse de votre caractère et l'humanité de vos sentiments, vous feront un devoir d'examiner et, j'ose espèrer, d'adopter.

Je sens bien la difficulté, monseigneur; il n'est pas possible de prévoir, quand un homme aura l'envie de se brûler la cervelle, de se pendre, de s'empoisonner, ou de se jeter à la mer. Mais, Votre Altesse sait aussi bien que moi, qu'il n'y a pas d'effet sans cause et que la cause étant détruite, le mal aura disparu.

Je sens bien aussi, monseigneur, que c'est un grand sacrifice que je demande à Votre Altesse. Mais aussi, qu'elle gloire ne va pas couvrir sa décision. La population monégasque, celle de Nice, Menton, Cannes, celle enfin de tout le littoral, et même de toute la Ligurie, bénira la main qui aura signé le décret qui empêchera le sang humain de couler dorénavant.

Il n'y a qu'un moyen, monseigneur. Imitant le Sauveur qui chassait les marchands du temple, vous chasserez de votre territoire les millionnaires du Casino en leur appliquant le mot de l'Évangile :

Ma maison est une maison de paix et de prière, et vous en avez fait une caverne de voleurs!

J'ai l'honneur d'être avec le plus profond respect, monseigneur de Votre Altesse

Le très-humble et très-obéissant serviteur
L. SMYERS.

Bordighère—Impr. de H. Rancher et Cᵉ

LES
SUICIDES Nᵒˢ 10 & 11

AU NOMMÉ
WAGATHA
L'UN DES DIRECTEURS
DE L'IMMONDE TRIPOT DE MONACO

Nice, 5 mai 1875.

Je viens d'apprendre que deux suicides ont eu lieu à Monte-Carlo, hier 4 courant, en moins de deux heures, à cause de l'infâme boutique, où vous trônez vous et les vôtres, comme certains reptiles venimeux trônent sur les cadavres.

Je suis tellement encombré des suicides de Monte-Carlo, que je me vois forcé de raconter ces deux-ci hors de tour.

Il m'a paru important de ne pas les laisser vieillir ; car, pour vous et la clique dorée à laquelle vous appartenez, quand un suicide a vieilli, il ne compte plus.

Vous avez des moyens pour laver le sang que vous faites verser, mais j'arrive à temps pour en fixer une tache indélébile sur vos fronts de vampire.

Vous êtes nombreux, sans compter le microscopique potentat qui embourse la grosse part de cette cagnotte sanguinolente.

Faites donc donner des ordres pour qu'on saisisse partout dans cette pricipauté de carlins de marquise et de pirates galonnés et en habit noir, ces feuilles de papier, que ma haine contre vous et les vôtres jette au vent. Vous ne saisirez pas tout, et l'aquilon de la justice, qui menace ce guet-à-pens enchanteur, en portera bien quelques-unes dans les jardins féeriques, où les Margot du lieu et les aristocrates de la détroussante pourront les lire.

Ce que je puis vous dire avant de commencer ma narration, c'est que vous ne me ferez jamais prendre la main dans le sac, en apostant des témoins derrière une porte. Cette fois-là vous avez trôné devant le tribunal correctionnel, radieux et grand à vos propres yeux ; mais le public était contre vous, car il n'aime les détrousseurs sous aucune forme.

Je crois encore entendre l'avocat Faraud vous appliquant l'épithète de *chiourme*, et Mᵉ Marcy terminant sa plaidoirie en disant au tribunal, parlant de vous personnellement :

Vous serez d'avis, messieurs, quoi qu'il arrive, et quant aux plaignants,

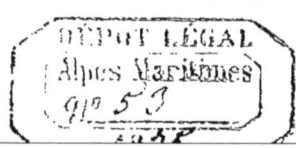

qui en tout ceci ont joué le véritable rôle qu'on pût être en droit d'attendre d'eux. Qu'ils retournent à Monaco ! Ils y seront suivis du mépris de tous les gens de cœur.

Vous avez eu le triste courage de venir vous exposer au feu de l'audience, et vous en êtes sorti victorieux au point de vue du jugement qui est intervenu, mais bafoué et meurtri, par le public, le ministère public et les avocats qui méprisent les saltimbanques qui singent la vertu.

Et Mᵉ Faraud, terminant sa plaidoirie, en disant que *ce serait la protection de ce foyer de turpitudes, de cette source de tous les maux que nous appelons l'enfer, c'est-à-dire l'administration de bains de Monaco !!*

C'est à vous que cela s'adressait ! Cela se disait à votre nez, car vous étiez là, audacieux comme tous les hommes chez qui tout sentiment de honte a disparu !

Voici l'appréciation du ministère public dans ce procès du 17 mai 1873 : ce sont des extraits sténographiés de ce beau réquisitoire :

La raison et l'importance qu'on ajoute à cette affaire, messieurs, c'est, je dirai, la connexité qui existe entre Monaco et Nice. C'est l'intimité de relations qui unit Monaco et Nice, dont, à mon sens, la moralité est atteinte et contaminée par ce voisinage malsain !

Et un peu plus loin :

A Nice le jeu est, en quelque sorte, devenu une maladie endémique, et Monaco, au lieu d'absorber la passion, n'a fait que la développer, et dans tous les coins il y a des tripots, où le trente et quarante, la roulette absorbent la fortune du riche et le pain du pauvre.

Les faillites augmentent chaque jour, et nous acquérons tous la conviction que les coups les plus sérieux sont portés par qui ? Par Monaco, par le jeu !

Voilà les griefs sincères que j'ai à élever contre Monaco, et ils ne sont pas les seuls, car ce que je lui reproche par dessus tout, c'est d'attirer au milieu de nous cette engeance interlope, ces faux artistes, ces aventuriers, ces publicistes de raccroc qui viennent ici, quoi faire ? Mettre leur plume au service de M. Blanc ou l'attaquer, mais toujours pour de l'argent, et méprisables dans un cas comme dans l'autre.

Je ne vous ai pas encore demandé d'argent moi, Wagatha le tripotailleur !

Écoutez ce qui suit, c'est l'appréciation de votre bravoure par le ministère public qui, parlant de votre conduite dans cette affaire, s'écria :

M. Wagatha peut être un homme prudent ; mais, je lui affirme une chose, c'est qu'il l'était trop, et je ne crois pas qu'il y ait beaucoup d'hommes qui eussent persisté dans son système, et qui ne se fussent pas précipités à la gorge du misérable qui lui tenait un pareil propos, qui se jouait ainsi avec son honneur.

Puis un peu plus loin vient cette phrase :

Alors la bouffonnerie reprend. Alors M. Wagatha, qui sait que ses précautions sont prises, fait le bon apôtre. Ils causent gentillement comme des amis passés et des amis futurs.

Voilà le rôle que vous avez joué dans ce procès, où l'honneur d'une femme que vous deviez défendre était engagé, brave des braves !

Il est vrai qu'il faut reconnaître, qu'à l'école dont vous êtes l'un des glorieux professeurs, il ne faut pas chercher dans le programme des études, l'analyse des mots *bravoure* et *loyauté.*

Monnaie d'or et d'argent, billets de banque, voilà le programme. J'arrive à mes suicides ou plutôt à *vos* suicides.

Le 4 mai, vers trois heures et demie du soir, un Hollandais, le baron de Kassa-Ploy, dit à sa domestique d'aller lui chercher des oranges et une bouteille de rhum. Lorsque cette fille revint, elle ne le vit plus et, cherchant dans le jardin, elle découvrit, sous une tonnelle, le cadavre de son maître, ayant la moitié de la tête emportée. Les morceaux de son crâne, sa cervelle et son sang recouvraient, comme une peinture encore fumante, les murs environnants. Cela se passait villa des Palmiers aux moulins.

Un des canons de la carabine à deux coups avait suffi, l'autre était encore chargé.

Vous vous êtes empressé de faire circonvenir cette domestique pour lui faire dire que c'était par chagrin d'amour que M. de Kassa-Ploy s'était tué. Vous n'avez pas réussi, cette fille était plus honnête que vous.

Le soir même, un exprès de Monaco, vint me raconter la mort de cette quatorzième victime. Vous avez une nombreuse police à Nice; moi j'ai, au milieu de vos roses, des amis qui me renseignent tout aussi bien.

Je dis quatorzième victime, c'est depuis que je les compte; car elle est peut-être la centième, et encore qu'en sais-je?

Une heure et demie après cette mort, un ouvrier, un père de plusieurs enfants, celui qui était chargé de tenir propre le perron en marbre blanc de votre Casino, un de vos employés enfin, le nommé Romagnan, se jette du haut du parapet du tir aux pigeons dans la mer. Il se brise le crâne sur le rocher, sa cervelle se projette en tous sens.

Ah! je vous vois vous exclamer que celui-là, n'ayant pas joué, vous n'y êtes pour rien. Halte-là, mon *brave* homme, je vais vous prouver que vous et les vôtres, êtes les auteurs directs de cette mort.

Le malheureux Romagnan gagnait chez vous 50 sous par jour, sur lesquels vous lui reteniez un sou pour l'hôpital (sa place à la Morgue probablement), restaient 49 sous. Eh bien! je sais par des renseignements certains que cet homme, ne pouvant vivre avec 49 sous lui et sa nombreuse famille, s'est tué de désespoir!

Vous avez bien lu n'est-ce pas! Cette mort et la misère de cette famille sont à votre avoir, les roulettiers!

Puisque vous êtes si généreux avec les pauvres ouvriers, vous devriez pousser l'avarice jusqu'au bout. Vous avez une distillerie fameuse, faites donc fabriquer de l'huile de cervelle humaine pour graisser vos cylindres, ils tourneront bien mieux, et ce sera une économie de dépenses.

Vous pouvez encore employer cette huile pour oindre le bout des doigts de vos employés râfleurs, en instituant l'ordre du *Sacre des croupiers*. Cette profanation n'étonnerait personne. Vous en avez commis bien d'autres!

Et vos journaux stipendiés? L'un affirmant que de Kassa-Ploy s'est tué par désespoir d'amour!

Et le *Phare du Littoral*, votre menteur officiel, racontant le suicide de *M. X..*, *de nationalité espagnole*, et le suicide d'*un douanier* dans son numéro du 6 mai, et ajoutant cauteleusement :

On ignore si cet infortuné est tombé accidentellement ou s'il a mis fin lui-même à ses jours. Le journal démocratique savait parfaitement, qu'il n'y avait ici ni espagnol ni douanier.

Vraiment, *vos journaux* sont bien mal dirigés, ils ne mentent pas avec assez d'art pour être crus.

Nommez donc dans votre guêpier un directeur de la presse, afin que des bourdes aussi bêtes ne soient plus jetées au nez du public qui hausse les épaules. Clément Duvernois va être bientôt libre, c'est une occasion unique.

De Kassa-Ploy était Hollandais et non Espagnol. Né à La Haye, il avait laissé cet hiver plus de *deux cents mille francs* en vos mains impures. C'était son reste, il a voulu en finir !

Dix jours avant sa mort, il raconta à un de ses amis qu'il s'était tiré trois coups de révolver sur la route de Menton, mais que le fulminate avait raté. Cet ami prit cela pour une plaisanterie, mais c'était vrai.

Il est venu à Nice acheter des cartouches à balle, et s'est tué avec sa carabine de tir aux pigeons.

> *Devant tous notre croupe encaisse*
> *Or et billets le long du jour,*
> *Et les feuilles battent la caisse*
> *A grand bruit, chacune à son tour.*
> *Joignez à cela les vacarmes*
> *Des tondus lâchant cris et larmes*
> *Avec leur or que nous pigeons,*
> *Que de bruit ; sans notre musique,*
> *Et la fête, ô farce cynique,*
> *La fête du tir aux pigeons !*

Une heure après le suicide, la police de Monaco, que vous avez le droit de diriger, puisque c'est avec l'argent des décavés qu'elle est payée, vint s'emparer du cadavre. Comme des vautours sur une proie, elle le saisit, le mit dans un sac, et vers huit heures et demie, elle l'emporta à la Morgue dans l'obscurité !

Il n'y a que deux tables à la Morgue du prince de Monaco ; ce jour là elle était au complet.

Comme vous êtes l'ami du progrès, il faudra faire augmenter le nombre de ces tables là, puisque vous augmentez celui des tables du Casino ?

Deux amis du mort, deux hommes honorables, ont voulu lui donner la dernière preuve d'attachement. Ils sont allés chez le commissaire de police du prince pour réclamer le corps, et le faire décemment inhumer. Il leur a été répondu, qu'il ne pouvait rien dans cette affaire, que cela n'était pas de son ressort. De là ces deux messieurs sont allés trouver le procureur-général (car il y a un procureur-général dans ce pays, où vous êtes les procureurs des cadavres). Ce ...... monsieur leur a dit, qu'on allait procéder à l'autopsie, et que, dès que cette opération serait terminée, on leur remettrait le corps de leur ami.

C'était un prétexte pour tirer en longueur, et se débarrasser de deux hommes plus gênants que le mort ; car ces messieurs avaient l'énergie nécessaire pour décontenancer tous les procureurs et tous les pourvoyeurs du cimitière de la piraterie monégasque.

Commençant à se douter qu'on les jouait, et ne se décourageant pas dans leurs démarches, MM. Z et X se rendent à l'hôpital où est la Morgue. Là on les met en présence des deux cadavres.

Sur l'une des tables, le corps de M. Kassa-Ploy, habillé comme au moment de sa mort, la moitié de la tête emportée. Par terre un cercueil en sapin, dans lequel se trouvait un foulard contenant la cervelle ramassée sur le lieu du suicide. Sur l'autre table le corps de Romagnan affreusement mutilé, nu et ouvert, car on l'avait autopsié.

Cette Morgue est à Monaco, le seul symbole de l'égalité !

Le juge d'instruction était là. Que diable pouvait-il bien y faire ?

Les seuls coupables, c'est vous et votre clique, et on sait qu'à Monaco on n'instruit pas contre vous ! Après tout, ce juge d'instruction prenait peut-être une leçon d'anatomie !

Les amis du mort, qui n'étaient mus que par le sentiment honorable de le faire inhumer avec la décence nécessaire, parlèrent à ce juge d'instruction, lequel, chargé de les berner, les remit d'une heure à l'autre, sous prétexte d'une autopsie inutile, qui n'a pas été faite, et finit par leur dire, que la justice étant dessaisie, il ne peut prendre sur lui de leur livrer le cadavre, que cela regardait dorénavant l'administration, représentée par le gouverneur-général.

D'Hérode à Pilate !

Voilà un cadavre bien gênant ! Plus embarrassés que des assassins, ils ne savent où fourrer le corps du délit !

Peu disposés à se lasser, les deux amis se rendirent chez le procureur très-général, et demandent à être reçus par le gouverneur encore plus général, car tout est général dans ce Capharnaüm.

Le grand procureur leur répond que son excellence était allé *ouvrir son portefeuille au prince* (sic) et leur dit d'attendre.

Joli portefeuille contenant ...... deux cadavres !!

Enfin, le gouverneur-général reçut les deux amis vers cinq heures (c'était le lendemain du suicide) et leur tint le langage suivant :

Qu'il ne pouvait leur faire remettre le cadavre de leur ami, à cause de la situation de la villa où il avait demeuré, et d'où décemment le corps devrait partir pour l'inhumation. Que le cortége devrait passer dans les environs du Casino, et qu'en sa qualité de gouverneur il devait tenir compte de la mauvaise impression que produirait cette vue dans l'intérêt de la sûreté générale. Il pria ces deux messieurs de ne pas s'alarmer outre mesure, qu'il prendrait toutes les précautions pour le faire inhumer dignement.

Les deux amis ne purent protester qu'en se retirant ; car le fameux gouverneur-général se garda bien de leur fixer l'heure à laquelle il se proposait de faire furtivement disparaître le cadavre.

Le même soir, vers neuf heures, quatre porteurs vinrent à la Morgue, mirent le corps de celui qui fut le baron de Kassa-Ploy avec la cervelle, entre quatre planches de sapin, et le portèrent en longeant les murs et les haies, sans lumière, sans prêtre, sans amis, sans cérémonie, dans un coin du cimetière à côté de Gordolon, de Lister et de tant d'autres !

Voilà la valeur de la parole de ce noble gouverneur-général ! IL MENTAIT !!!

Ne vous alarmez pas outre mesure, je prendrai toutes les précautions pour qu'il soit inhumé dignement !

Allons donc ! Ah ! vous prendrez toutes les précautions, monsieur le gouverneur ! Mais, vous saviez bien, qu'il n'y avait plus rien à prendre, le Casino ayant tout pris.

Reste à savoir si vos sbires ne l'ont pas déshabillé ce cadavre. Rien ne me prouve qu'on n'en rencontrera pas un vêtu de son dernier veston gris ?

Vous l'avez fait enterrer comme une charogne, après l'avoir probablement dépouillé de ce suaire!!

Toutes les mauvaises actions, monsieur le gouverneur-général, se commettent dans l'obscurité. Vous pouvez inscrire celle-ci dans votre portefeuille, et la narrer au prince de Monaco!

La domestique du mort, a formellement déclaré à ses deux amis, que la police du Casino (on peut bien l'appeler ainsi) l'avait emporté sans la consulter. On lui a fait les honneurs du sac! Cette fille a été fortement circonvenue, pour lui faire dire que son maître s'était tué par amour.

Le procureur très-général a dit à ces messieurs que si on avait emporté le cadavre, c'est parce que la domestique avait peur de le garder. C'était un autre *mensonge*, car cette brave fille a déclaré qu'elle avait préparé un lit pour le recevoir.

Parbleu! ce *mensonge* se comprend. Il aurait fallu faire passer le cercueil près du Casino! Quel scandale! Il importe de ne jamais reporter son ouvrage par ce chemin là. Le Casino! Grand Dieu! L'arche sainte, le budget, l'égout d'où coulent les millions! N'obstruons jamais ce passage avec des cadavres, s'il vous plaît!!

Ce procureur de plus en plus général, est vraiment fort amusant. L'un des amis de la victime du Casino lui observa, qu'il y avait de fréquents suicides a Monaco. Il répondit en souriant qu'il y était depuis vingt-cinq ans et qu'il *n'en avait jamais vu que trois.*

Il était aveugle pour les autres!

Et ils appellent cela de la justice!!!

« O noble France, le souffrirez-vous encore longtemps?

O gouverneur! O procureur, vous faites là un bien singulier métier!!

Le matin de sa mort, de Kassa-Ploy avait écrit une longue lettre. Son testament de mort probablement. Ce document n'a pas été retrouvé. Cela n'a rien d'étonnant, la police monégasque avait passé par là. En tous cas, si cette lettre est dans le fameux portefeuille, elle est en bonnes mains, le gouverneur pourra la lire au petit débotté du prince.

Voilà mon gars Wagatha, la narration exacte de la mort de ces deux hommes. Monaco progresse. Certains pères de famille font des vœux pour avoir deux jumaux. Le Casino a son double suicide à deux heures d'intervalle, il doit être content!

Nourrissez au moins la veuve et les enfants de Romagnan!

Je veux vous dire encore, que je vous mets au défi de démentir un mot de ce qui précède.

Vous avez été avec le vieux Blanc inspecter le lieu du drame. Vous avez dû jouir, comme Néron sur les ruines de Rome incendiée. Vous avez conduit le vieux crocodile, pour lui montrer le sang.

Aviez-vous l'envie d'en boire? C'est si bon le sang de cadavre, pour des vampires.

> *Ainsi, pleins de ressources,*
> *Ils savent, ces gens forts*
> *Pour mieux couper les bourses,*
> *Escamoter les morts!*

On lit dans le JOURNAL OFFICIEL DE MONACO *du 11 mai:*

« A l'occasion d'un triste événement survenu, il y a quelques jours, dans la villa des Palmiers, *certains journaux ont donné sur la mort de l'étranger à laquelle nous faisons allusion et sur ses causes, des détails différents et plus ou moins exacts que nous désapprouvons hautement, car ils portent atteinte au respect dû à la vie privée, et ils mettent à nu des plaies douloureuses que l'honneur des familles devrait engager à cacher.*

« Nous nous sommes toujours abstenus et nous continuerons à nous abstenir de ces *chroniques malsaines.* La curiosité publique pourrait facilement être excitée par des pareils récits ; *mais la dignité du journalisme* et les convenances à observer envers nos nombreux hôtes, nous interdisent de pénétrer dans le secret des familles. »

Nous croyons volontiers, que ce journal devrait *s'abstenir de chroniques qui lui sont malsaines.* Il eût été plus habile de se taire.

J'admire la *dignité du journalisme* chez l'auteur de cet imbroglio mi-chair, mi-poisson, qui sent son Machiavel à vingt lieues.

Il faut une certaine audace pour venir travestir ainsi les faits et donner le change à l'opinion publique. Je crois (heureusement pour la dignité du journaliste) que cet entrefilet, encore plus filandreux que ceux du *Phare du Littoral,* sort du portefeuille du gouverneur très-général, et qu'il a été rédigé en conseil des ministres.

Le secret des familles ! Je comprends vous voudriez, une fois le sang lavé, le cadavre escamoté, que personne ne mit le nez dans les secrets de famille des Cartouches du Casino.

Ah ! c'est un secret de famille, qu'un homme qui se tue lorsque vous l'avez dépouillé ! mais, vous ne savez donc pas, qu'une heure après chaque suicide, c'est le secret de polichinelle.

Quant à la famille de M. de Kassa-Ploy, elle ne saurait en rien souffrir de sa détermination. Ne l'aviez-vous pas ruiné, son argent n'est il pas dans votre poche, n'êtes-vous pas les auteurs directs de sa mort?

Que diable venez vous donc nous parler *de secret de famille, de dignité et de chroniques malsaines?* La seule chose malsaine, c'est le guet-apens qu'on appelle le Casino, le seul secret que vous ne voulez pas voir ébruiter, c'est la mort que votre infâme industrie sème incessamment autour de vous !

La famille dites-vous. Elle vous intéresse donc bien?

Que répondrait le baron de Boyer de Sainte Suzanne, gouverneur fortement général, de cet escamotage de cadavres, si la famille de Kassa-Ploy, venait lui demander compte de la façon dont il a fait encaver le corps de son parent?

Dans quel pays, s'il vous plait, est-il permis de soustraire un mort à la sollicitude de ses parents, de ses amis? Le Code français est en vigueur chez vous, monsieur le baron de Boyer de Sainte Suzanne ; de quel droit le violez-vous? Croyez-vous que dans votre coin aux morts violentes, vous êtes au-dessus des lois? que les voisins ne vous suivent pas de l'œil?

En France on remet à leur famille jusqu'aux corps des suppliciés. Le corps de

Troppmann a été rendu à ses parents. Je ne sache pas que de Kassa-Ploy fut un criminel. Lisez l'article 14 du Code pénal.

Mais, j'oubliais : le cadavre devait passer devant le Casino, et cela aurait pu avoir une influence fâcheuse sur le rendement de la journée.

Bravo, monsieur le gouverneur-général !

Ah ! monsieur le baron, vous préparez à cette principauté des scènes qui la perdront. Ce n'est pas le dernier suicide, entendez-vous, peut-être même s'en produit-il un au moment où vous me lisez.

Si la famille réclame le corps, que répondrez-vous ? Il est enterré dans des voliges de sapin, il est inexhumable, et vous avez assumé une lourde responsabilité ! ! !

Laisserez-vous au moins placer une humble croix sur le tertre qui le recouvre ? Cela ne gènera-t-il pas les fabricants de cadavres du Casino ?

Où sont vos lois ? Où sont vos réglements ? Affichez-les, car il est grand temps de donner satisfaction à l'opinion publique. Certes, je ne crois pas que pour ce mort, la Hollande envoie sa flotte dans les eaux de Monaco, car, cinquante hommes bien déterminés, vous sortiraient tous de votre coin infect, rien qu'avec de simples bâtons.

Vous n'aviez pas le droit, monsieur le baron de Sainte Suzanne d'intercepter le cadavre du baron de Kassa-Ploy. Aucun fonctionnaire, aucun magistrat en France n'oserait se permettre ce que vous avez fait.

C'est qu'ici, la loi sert de sauvegarde aux droits des citoyens, et aucun n'oserait, ni ne voudrait placer le moindre article du Code sous le boisseau.

Monaco est un cancer qui s'amputera peut-être lui-même quelque prochain jour. En attendant, monsieur, c'est à vous de veiller à ce qu'aucune violation des lois ne s'y commette !

J'ai lu ces jours derniers un écrit anonyme envoyé ici pour faire la controverse, et égarer l'opinion publique. Le pauvre de Kassa-Ploy y était calomnié dans son nom, dans sa famille, dans son honneur. Si je lis ce factum dans quelque journal, je prends dès ce moment l'engagement de le dénoncer à l'indignation des honnêtes gens.

Votre *Journal officiel* aura beau prêcher le silence, crier à l'indignation, parler de secrets de famille, et induire les idiots en erreur ; il prêche dans le désert !

Autour de vous, la menace peut être efficace, et produire l'effet que vous en attendez. Mais ici, nous respirons un air plus libre, nous rions des menaces qui ne sauraient nous atteindre, nous déchirons le moniteur du mensonge, nous arrachons les masques, et nous jetons au vent de la publicité, des choses, qui tendent à déshonorer la civilisation européenne.

L. SMYERS.

Bordighère — Impr. de H. Rancher et Cᵉ

AUX COQUINS

DE

MONTE-CARLO

—◦◦◦—

Vous avez chassé de chez vous, il y a environ trois ans, un garçon de votre Café de Paris, parce qu'un journal qui se publie à Nice, l'avait presque nominativement dénoncé au public, pour des actes qui, en France, entraînent leur auteur en correctionnelle.

Ce même homme est venu ouvrir un tripot à Nice, et s'est fait condamner. Cela devait être.

Vous avez soudoyé cet ex-valet de votre immense lupanar, pour aller déposer contre moi, un petit œuf de calomnie dans un nid de couleuvres, où ils éclosent comme s'ils étaient couvés par leur mère.

Vous n'avez pas réussi, Messieurs les chenapans, et c'est à recommencer.

Par cet acte lâche, comme tous ceux que vous commettez, vous avez stimulé ma haine contre vos ignobles et lugubres personnes. J'aiguise ma plume sur la pierre que vous avez jetée dans mon jardin, après quoi je la lancerai dans le cimetière de Monaco, où elle réveillera les ombres des nombreux morts que vous avez faits.

Je veux que le cliquetis des os de ceux qui se sont suicidés par vos soins, empêche vos femmes de dormir. Je veux, qu'elles ne puissent regarder leurs robes de soie, sans y voir des taches de sang, leurs diamants sans y lire les mots *bien mal acquis*, leur glace, sans voir une tête de mort à côté de la leur, et leurs amants sans tressaillir d'effroi.

Je veux qu'elles trouvent des cheveux gris du baron de Kassa-Ploy dans leur consommé. Je veux qu'elles voient, dans leurs cauchemars, une sarabande de squelettes parlants, se disputant leurs bijoux en hurlant, *ceci est à moi, voilà un diadème acheté avec mon or, voilà des diamants qui m'appartiennent*. Je veux que leurs jupons soient revêtus par ces squelettes en délire, qui les embrasseront sur leur oreiller de la débauche. Je veux, qu'elles s'entendent dire par ces os éloquents, que des mères, des filles, des veuves, des sœurs, meurent de misère et de désespoir, parce qu'elles ont vu mourir leur père, leur époux, leur frère, par le pistolet, la corde, ou le poison de votre administration.

Je veux que la veuve Colmache leur apparaisse blême, hideuse à voir, s'arrachant les cheveux, se tordant dans les douleurs de l'empoisonnement. Qu'elles la voient expirer, et qu'elles entendent son cadavre leur dire : *Mesdames vous êtes bien vêtues, l'or et la soie vous couvrent, les plus beaux diamants sont les vôtres. Mais, mon or a servi à les acheter. Donnez-moi cette robe de faille pour m'en*

*faire un linceuil, cette chemise de batiste pour m'en
vêtir dans mon cercueil, ces fines serviettes, pour essuyer
le sang que l'infâme maison qui vous a enrichies a fait
verser. Donnez mesdames, donnez encore, donnez toujours, vous ne rendrez jamais ce qui appartient aux
nombreuses victimes de la caverne de la mort.*

Voilà ce que je veux qu'elles entendent. Et je veux encore,
que ni le champagne, ni le hatchis, ni tout ce qu'on peut
boire et manger pour s'étourdir, n'atteignent le but désiré.
Il faut que le sang, la mort, les squelettes, les esquilles, la
cervelle, les malédictions des mourants désespérés, les suivent jusqu'à ce que Dieu les marque de son doigt inexorable,
et leur dise : *A votre tour, j'ai fait la mort pour tous ! !*

Oui infâme ! je veux que vos femelles se lèvent la nuit,
que fuyant le lit de l'adultère elles viennent aux pieds des
vôtres crier : *A moi ! à moi ! je vois la danse macabre !
Regardez ces os dansants ! à moi ! j'ai du sang dans la
gorge ! à moi ! de l'eau, le champagne ne passe plus.
Voyez, voilà Lister, dont la cervelle couvre les vêtements ;
voilà de Kassa-Ploy, voilà Gordolon, qui tient dans ses
bras, sa tête qu'il s'est fait couper sur les rails du tunnel
de Monaco. Il nous offre de sa cervelle avec une spatule
d'or achetée avec ses dépouilles !*

Voilà ce que je veux, entendez-vous, misérables extorqueurs de la fortune publique.

Jusqu'à ce que je meure, dussé-je mourir assassiné par une
main que vous aurez payée, je vous poursuivrai, comme on
poursuit des bêtes fauves vivant de chair humaine.

L. SMYERS.

LE SUICIDE N° 12

RACONTÉ

A MADAME MARIE BLANC

Nice, 21 octobre 1875.

Madame,

Je vous ai promis la narration du suicide n° 12. Je viens tenir ma parole.

Je pressens, Madame, que cela vous déplaira, mais, je ne suis pas devant vous, ce qu'était Triboulet devant François Iᵉʳ. Je n'ai pas pour mission de vous amuser.

Ce que j'ai à vous raconter, Madame, est terrible !

J'ai assisté en personne, à presque tout ce qui a suivi le

coup de pistolet, jusqu'à la mort de la pauvre victime. Si j'entre dans des détails, c'est que j'ai été fortement impressionné.

Je plains ceux qui, ruinés dans votre usine, se retirent une existence qui leur est devenue odieuse et impossible. Mais, sont-ils seuls coupables, et ne faut-il jeter l'opprobre que sur leur tombe, flétrir leur mémoire, et passer outre, en attendant, qu'à ces victimes, succèdent d'autres victimes ?

Tel n'est pas mon avis, Madame !

J'ai eu l'honneur de l'écrire à S. A. S. le prince de Monaco, *il n'y a pas d'effets sans causes.* Et si je ne nourris pas l'espoir d'assister à la suppression de cette source de mort et de déshonneur, c'est que près de la vieillesse, il ne me sera peut-être pas donné, de mon vivant, cette joie qui serait partagée par tous ceux qui sont « honnêtes. » Mon seul espoir est de commencer fructueusement cette œuvre de suppression. J'essaie de poser la première pierre de ce progrès, de jeter la fondation de la digue, qui doit arrêter tant de sang répandu.

J'arrive à ma narration. Mais avant, je dois vous dire qu'il s'y trouve du sang, beaucoup de sang et de la cervelle. Soyez sans inquiétude, Madame, je n'ai pas l'intention de vous en faire manger.

A Nice, demeurait, quai Place d'Armes, n° 43, au 4ᵐᵉ, chez Mᵐᵉ Bergeron, qui loue des appartements garnis, un ancien sous-officier de l'infanterie française, qui fut capitaine de mobilisés pendant la dernière guerre. Arrivé à Nice avec 28,000 fr., cet homme avait de quoi vivre modestement et il aurait honorablement vécu, sans la maison de jeu, où vous êtes si intéressée, Madame, et où vous avez réalisé une colossale fortune.

M. Charles Lecomte, âgé de 45 ans, était né à Metz. Depuis deux ou trois jours, Madame Bergeron le voyait triste, et lui en demanda la cause. Cet homme, qui préparait déjà sa mort, répondit : *Oh ! ce n'est rien !* Ce n'est rien ! Non, ce n'est qu'un homme qui va se tuer, un mort de plus à l'avoir de la roulette, une perle de plus à l'écrin de la honte !!!

Le vendredi 19 février, vers une heure de l'après-midi, Mᵐᵉ Bergeron entra dans la chambre de son locataire. Elle le trouva sur son lit tout sanglant, et lui demanda ce qu'il avait. Il répondit. *Je me suis tiré un coup de pistolet, ayant perdu à Monaco les 28,000 fr. que j'avais apportés. Je vous demande pardon de l'avoir fait chez vous, j'aurais dû, comme tant d'autres, aller sur la grève. Pardonnez-moi, Madame, je suis trop faible pour m'en aller.*

Examinant la chambre, Madame Bergeron trouva une mare de sang caillé devant un meuble.

Lecomte s'était tiré debout, et avait eu la force de se tenir là, croyant que la mort allait venir. Avant de se jeter sur son lit, se sentant faiblir, il avait repoussé avec son pied, sous le meuble, ce sang déjà coagulé. C'était un affreux spectacle, me disait Mᵐᵉ Bergeron.

J'ai moi-même visité l'appartement où s'est passé ce drame. J'y ai remarqué une photographie représentant le Casino de Monte-Carlo, sur laquelle ce malheureux avait écrit au crayon.

MAISON DE PERDITION BONNE A BRULER !

Sur un meuble, on trouva un papier adressé par Lecomte au commissaire de police. Il priait ce fonctionnaire d'écrire au sieur Charles Blanc, votre époux, pour obtenir au moins, les frais de ses funérailles ! !

Vous le voyez, Madame, il n'était pas bien exigeant. Pour

28,000 fr. qu'il avait laissés au Casino, que demandait-il ? Un cercueil de six francs, et le corbillard des pauvres ! !

A-t-il eu tout cela, Madame ? Hélas ! non, votre noble époux n'a rien donné du tout. Il n'a pas le temps de s'occuper de pareilles sornettes. Un mort de plus, un mort de moins, qu'est-ce que cela pour ce vieil endurci et son administration ? — Rien, absolument rien ! —

Au surplus, c'est l'hôpital de Nice, c'est l'administration des pauvres, qui a payé les frais de funérailles et *de soins* de ce malheureux.

De soins, pourra vous paraître singulier, Madame ; je souligne le mot à dessein, car, ma lugubre histoire n'est pas celle d'un suicide ordinaire.

Il semble ici, que la Providence ait voulu faire un miracle, pour couvrir de honte le hideux tripot de Monte-Carlo !

Ce malheureux, produit du *refait,* vécut trois jours, avec une balle dans la tête. Et, le croirez-vous, Madame Marie Blanc, il parlait ! Il a conservé sa raison jusqu'au moment d'expirer, pour maudire Monaco, et tout ce qui y touche.

Vous comprenez, n'est-ce pas, Madame ?

Mᵐᵉ Bergeron, éperdue, fit appeler le docteur Grinda, qui s'empressa d'accourir. Il constata, que le moribond s'était tiré un coup de pistolet dans l'oreille droite. La matière cérébrale sortait par cette oreille ! !

Voyez-vous, Madame, le docteur introduisant une longue sonde dans cette affreuse blessure, pour y trouver une balle, et chercher à la retirer ? Cette opération indispensable, mais irréalisable, fut tentée sans succès !

Et l'homme vivait toujours ! car il parlait toujours !

Docteur, donnez-moi le bouillon de onze heures, je souffre et vous voyez qu'il n'y a plus rien à faire, disait-il. Ces paroles sont historiques, Madame, demandez au docteur

Grinda, il vous les répètera, c'est de lui même que je les tiens !

Et le docteur, froid devant le devoir professionnel, continuait la recherche de la balle.

Et la sonde ne trouvait rien ! !

Et l'homme parlait toujours ! il vivait toujours !

Le docteur avait de suite jugé la blessure mortelle, et comme Lecomte n'avait plus rien, que la roulette lui avait tout pris, on le transporta à l'hôpital. On craignait de le voir mourir en route, il n'en fut rien, Madame. Il parlait toujours !

Une balle dans la tête et la cervelle sortant par l'oreille !

Lecomte savait qu'il devait bientôt mourir, il demanda un prêtre, et pût se préparer à la mort.

Êtes-vous croyante, Madame ? Eh bien ! alors vous trouverez ici une consolation, un adoucissement au remords !

Lecomte vécut trois jours, trois jours sans fièvre pour ainsi dire, après le coup de pistolet. Ce n'est que le 22 février, vers 6 heures du matin, qu'il expire en maudissant Monte-Carlo ! ! !

De cette fois, Madame, il ne parle plus ! ! J'ai vu cette figure de mort, j'ai entendu le dernier râle de cette victime du Casino. Il en reste un souvenir profond et ineffaçable à l'hôpital de Nice !

Espérons que cette finale malédiction lui sera pardonnée !

Puisque les hommes semblent être impuissants à faire disparaître le chancre, je ne suis pas éloigné de croire que Dieu s'en mêle un peu.

La mort de Lecomte est assez éloquente pour ne pas trop la commenter. Cependant, tant sont grands l'insouciance, le mépris et l'indifférence des hauts barons de la roulette pour le sang qu'ils font verser, que je croirais manquer à mon devoir, en m'arrêtant à cette narration.

Je vous déclare tout d'abord, Madame, que ce qui précède est de la plus rigoureuse vérité. Je ne suis pas entré dans de trop longs détails, je le pouvais cependant ; mais il y a assez de sang et de cervelle dans cet *incident* (style du *Phare du Littoral*).

Je puis ajouter cependant, que je suis possesseur du revolver de la mort de Lecomte : le mourant me le donna, à condition que je vengerais sa mort en vous la racontant. Joli pistolet à crosse d'ivoire, rougi par le sang, maculé de cervelle. Chaque fois que je regarde cet instrument de mort, je vois par l'imagination Lecomte s'appliquer ce canon dans l'oreille, après avoir écrit au commissaire de police pour le prier de demander un suaire à celui dont vous avez fait votre mari.

Ce sont les pauvres de Nice qui l'ont enterré à leurs frais, entendez-vous madame ! Il a été plus dignement inhumé que le baron de Kassa-Ploy, dont le cadavre fut refusé à ses amis par le nommé Boyau de Sainte-Suzanne, gouverneur de Monaco. Il a eu un drap propre et un cercueil, l'autre eût des voliges et un sac. Il a été porté au lieu du repos en plein jour, suivi de quelques amis, l'autre a été enlevé à 9 heures du soir, dans l'obscurité, comme les voleurs enlèvent leur butin. Il a été enterré en honnête homme, à la clarté du soleil, et non comme les assassins enfouissent le cadavre de leur victime, craignant l'œil de la justice !

On irait raconter cela à l'autre bout de la France que personne ne le croirait ! Il faut venir à Monaco pour voir de ces choses-là !

S'il n'y avait que de rares suicides, et que l'administration du Casino connût le mot *dignité*, il est supposable que moins de voix s'élèveraient pour demander la suppression de ce restant de barbarie. Mais cinq suicides en un mois dont quatre en huit jours ! Cela devient d'une fréquence trop scandaleuse pour ne pas émouvoir ! J'ose vous dire, Madame, que ceux qui sont chargés de veiller à la morale publique s'en sont émus !

Si l'administration de Monte-Carlo croit qu'il lui suffit de ruiner, d'empocher, et même quelquefois de brutaliser ses victimes, pour envoyer ensuite ces épaves de fortune et d'honneur finir dans le sang ou la folie, sur le plancher de Nice ou autres lieux du voisinage, elle est tombée aussi bas dans l'aveuglement, qu'elle l'est dans l'opinion publique.

Nous sommes les maîtres chez nous...

Voilà le grand argument de ces maîtres en l'art de ruiner. Eh ! bien, Madame, ils se trompent. *Tant va la cruche à l'eau qu'à la fin elle se brise*, dit un vieux proverbe. La cruche de Monte-Carlo ne se brisera pas, c'est un pot de fer, une marmite d'or, mais elle est pleine, elle déborde de sang et de honte ! Et fut-elle grande comme le Casino lui-même, à l'heure qu'il est, il n'y reste plus de place pour la moindre goutte de sang, pour le moindre lobe de cervelle, pour la moindre esquille de crâne fracassé, car l'indignation publique a crié : Assez ! assez de morts ! assez de ruines ! assez de déshonneur ! assez d'infâmie !!!

L'opinion publique est une puissance, Madame, et il faut compter avec elle.

Est-ce que des gouvernements voisins d'un tel éléphantiasis, de grands et nobles gouvernements, peuvent tolérer longtemps encore ce qui se passe dans cette enclave de quelques hectares, qui confine leur territoire? C'est parce que la raison est la base du progrès, qu'ils doivent intervenir. Le brigandage déteint sur le voisinage. Y a-t-il des lois dans ce pays, Madame? Sont-elles protectrices de l'opprimé contre l'oppresseur comme dans les pays civilisés ? En un mot, l'égalité devant la loi existe-t-elle dans ce coin fleuri et maudit, où les roses semblent ne pousser que par l'engrais de sang humain ? Eh! bien, s'il y en a, qu'on les applique, il est grand temps !

J'avais annoncé une brochure sur le tonneau à bière qui s'appelle Mathieu, il m'a fait demander grâce par un ami auquel je ne pouvais rien refuser. Je laisserai donc ce gros homme à ses honorables arrestations, à ses coups de gourdin, à sa famille de sbires.

Il y a quelques mois, j'ai rencontré à Nice, un monsieur fort bien élevé, riche et capable. Il venait pour chercher un appui moral, une voix amie, une consolation, à une infâmie qui avait été commise à son égard à Monte-Carlo.

Il me raconta que, justement blessé de la prétention du gros Mathieu de le forcer à demander une carte d'entrée au Casino tous les jours, il avait un jour voulu entrer sans carte. Qu'un garde (à ce dressé) l'avait appréhendé, et qu'une petite lutte s'en était suivie. Bref, il a été traîné en prison, jugé, condamné. Il est resté dans les prisons du Prince 28 jours, et s'est vu refuser sa mise en liberté sous caution, chose qui, pour un fait pareil, s'accorde dans les pays civilisés tels que la France. Il a offert *cinq cent mille francs* de caution pour être mis en liberté, et on lui a refusé ce droit, car en France, Madame, c'en est un.

Or, cet homme honorable est sorti de là, après avoir souffert 28 jours, couvert de vermine. (Il paraît que les monécachots ne sont pas des plus propres).

On a brodé sur cette histoire beaucoup de facéties. Ce qu'il y a de certain, c'est que l'honorabilité de cette victime reste entière, et que celle des gens du Casino en a diminué dans l'esprit public, si toutefois elle peut diminuer encore; voilà, Madame, où mène la prétention par trop abusive :

Nous sommes les maîtres chez nous !

Ah! oui, dans les limites du droit, du droit avouable à défaut d'autre, vous êtes les maîtres chez vous, mais ne perdez pas de vue, que le droit, le vôtre surtout, Messieurs du Casino, a de strictes limites, que ces limites seront justement suspectées, chaque fois que vous les tracerez vous mêmes. Qu'enfin, avec votre industrie interlope, vous devriez avoir des règlements affichés sur tous les murs de votre usine, afin qu'au moins, ils pussent consacrer le droit des entrants, et leur éviter sinon la ruine (cela me paraît impossible), au moins, les coups, les poux et l'emprisonnement

J'avoue, Madame, que si d'un côté, j'ai pris part, et ai été sensible aux vexations qu'a subi cette victime, d'un autre côté, je m'en suis réjoui, et voici pourquoi :

M. Hermann Holm n'est pas le premier venu et son affaire a fait assez de bruit, pour que, par sa situation, il puisse, lui et les siens aidant, être utile à la cause que je sers : *La suppression de la maison de jeux.*

Je disais que les règlements de la maison devraient être affichés aux yeux des entrants. Il y a bien quelques affiches, mais ce ne sont pas celles-là que je voudrais y voir. J'y ai lu entre autres choses édifiantes :

La Banque n'accepte aucun coup sur parole !

Puis, cette autre :

Prenez garde aux pick pockett!!

La première de ces inscriptions, peint la moralité de la maison, qui est semblable à celle de certaines filles !

La seconde prouve que la maison est bien fréquentée, et qu'il faut y surveiller ses poches !

A l'heure qu'il est, Madame, on sait que le commissaire Mathieu n'a jamais arrêté un pick-pockett. Je me plais à croire que ce n'est pas par ordre, qu'il ménage ces concurrents de l'administration.

Si je dis concurrents, ne vous en blessez pas, Madame, le mot est vrai, et je le démontre.

Que fait la roulette ? Elle vide les poches !

Que font les pick-pockett? Ils vident les poches !

Eh! qu'importe la forme, puisque le résultat est le même ?

Aussi, pourquoi ce renfort de gardes ?

Ces gros et forts gaillards, qui semblent n'avoir pour mission que de traîner les gens en prison, après les avoir bien rossés, ne font vraiment pas honneur à une administration qui a empoché, au cours de la dernière saison, au moins DEUX MILLIONS de plus que l'hiver précédent.

Oui, cette campagne a donné plus de DIX MILLIONS !! N'en frémissez pas, Madame, vous en aurez votre large part ! Les louis n'ont ni sang ni cervelle, au surplus, on peut les laver! On lave bien les joueurs !!

Roulette, pick-pockett, comme cela se ressemble ! Vous voyez, Madame, que c'est identique. Je préfère les pick-pockett; au moins ils ne vous frappent pas, ne vous fourrent pas en prison, et ne vous prennent pas tout.

Un dernier mot, Madame :

Les suicides n° 10 et 11 que j'avais dédiés au farceur Wagatha, votre honnête beau-frère, ont manqué m'être volés par sa noble administration. L'imprimeur Rancher, de Bordighera, était en train d'emballler le ballot qui partait pour Monaco si j'étais arrivé une heure plus tard pour *m'en livrer*. Il a été surpris dans cette expédition par mon arrivée, et il m'avait écrit mensongèrement que rien n'était imprimé. Il ne s'attendait pas à moi. Or, cet imprimeur (dont la boutique presque ambulante, vient d'être saisie par la police italienne parce qu'il imprimait des livres immoraux), a été obligé de m'avouer qu'il était en train de me trahir, mais qu'il avait demandé *cinquante mille francs* à votre administration pour cet acte *honnête*. Après avoir payé à cet *honnête* homme un travail qui allait partir pour Monaco, je lui offris à dîner. Je ne paye jamais la trahison, mais je voulais savoir la vérité. Or, le sieur Rancher, en dînant, m'avoua qu'un envoyé de Monte-Carlo était allé le trouver trois fois, pour traiter avec lui de la suppression de ma brochure, et qu'il lui avait tenu ce langage : *Nous ne traitons jamais avec les auteurs, mais nous traitons volontiers avec les imprimeurs. Nous vous ferons faire des travaux équivalents à ceux que vous faites pour l'auteur du* Carcan, *si nous pouvons nous mettre d'acord.*

Je ne fus nullement surpris, Madame, je sais à quelles lâchetés la bande monégueuse peut se livrer. Je tins au sieur Rancher le langage suivant : *Je vous autorise à me trahir, mais vous élevez votre prix trop haut. Cinquante mille francs, grand Dieu ! Mais vous croyez qu'il n'y a qu'à prendre. Demandez aux extorqueurs de Monte-Carlo dix mille francs, et quand vous les aurez reçus, faites-le-moi savoir, je viendrai vous payer à Bordighera un dîner à votre choix, et je ne vous demande pas un sou. On ne paye la trahison qu'en raison de la valeur des traitres, mon bon M. Rancher.*

Cet excellent imprimeur ne comprit pas probablement, car il répondit. *Nous n'en sommes pas loin de dix mille francs !*

Ainsi, Madame, votre administration a dépêché un émissaire à mon imprimeur pour qu'il lui livrât mon ballot de brochures. Dans votre boutique on paye les lâchetés, la trahison. Cela n'a rien d'étonnant.

Cet imbécile qui s'appelle Rancher a cru, comme tous ses congénères, qu'on allait lui compter *cinquante mille francs*. Il est presque aussi bête que Mathieu ! ! !

Rendez-moi donc un petit service, Madame, vous qu'on dit si bonne. Dites donc aux chefs Monégueusards que s'il le faut, j'aurai un imprimeur par brochure, et que quand ils auront acheté tous ceux de France et d'Italie qui voudront bien se vendre, il me reste la Belgique, la Hollande et l'Angleterre, où mes relations me permettent d'être imprimé quand il me plaira. Dites-leur aussi, que je serais heureux de connaître le nom de l'homme honnête qui est allé trois fois à Bordighera pour acheter le bon Rancher ; certes, je lui consacrerais volontiers quelques pages ; car c'est un grand homme !

Encore un mot, Madame, et je termine.

Vous avez dit à quelqu'un de vos amis qui me l'a répété,

que vous ne liriez plus mes brochures. Vraiment j'avoue que cela me contrarierait un peu.

Dussé-je, à mon tour, *acheter* quelqu'un de ceux qui vous entourent, pour en faire déposer une n'importe où, sous votre oreiller, dans votre lit ou dans votre vase en porcelaine. Ah! si Antoine le voulait !

Mais ce serait au-dessus de mes moyens !

Allons, Madame, lisez-les, croyez-moi, vous y trouverez malgré tout quelque chose d'instructif.

L. Smyers.

Draguignan. — Imprimerie P. Gimbert fils, place Claude Gay, 4.

SEUL DÉPOT CHEZ FLEURDELYS, LIBRAIRE

5, AVENUE DE LA GARE, SOUS LES ARCADES, A NICE, 5

Prix : 50 centimes

LES

SUICIDES

Nᵒˢ 10 & 11

EN ATTENDANT

LE JOURNAL

LE CARCAN

AU NOMMÉ WAGATHA

L'UN DES DIRECTEURS

DE L'IMMONDE TRIPOT DE MONTE-CARLO

PAR J. SMYERS

1875

Pour paraître successivement du même Auteur :

LE SUICIDE N° 12

Supplique à madame Marie Blanc.

———

LE SUICIDE N° 13

Le nombre fatal, *raconté au finaud Wagatha.*

———

LE SUICIDE N° 14

Raconté à madame Wagatha, sœur de madame Blanc.

———

LE SUICIDE N° 15

Narration faite au voûté Stemler, dit Boulendos.

———

PROJET DE MARIAGE

Réflexions sur l'alliance de Mlle Blanc avec un prince noble et valeureux, mais un peu décavé.

———

LA SCIENCE, LE PLAISIR ET L'HABILETÉ

Choses bien alambiquées, prises dans un laboratoire.

———

LA CORDE DE PENDU

Ou le moyen de gagner toujours.

———

UN SUICIDE ET UN RÊVE

Enterrement de Hans Lister aux frais du Casino.

———

LE CARCAN (Suite à partir du N° 17).

SEUL DÉPÔT CHEZ **FLEURDELYS**, LIBRAIRE

AVENUE DE LA GARE, SOUS LES ARCADES, A NICE

Prix : **50** centimes

LE
SUICIDE

N° 12

EN ATTENDANT

LE JOURNAL LE

CARCAN

A M⁰ MARIE **BLANC**

PRÉCÉDÉ

D'UN AVIS AUX **COQUINS** DE MONTE-CARLO

PAR L. SMYERS

1875

Pour paraître incessamment du même
auteur:

LE SUICIDE N° 13
LE NOMBRE FATAL, rapport à Madame Wayalha

LE SUICIDE N° 14
Rapide au pojet de Sainte-Séange

LE SUICIDE N° 15
Narration faite par Jules Signele, dit Bimbendo

LA SCIENCE, LE PLAISIR ET L'HABILETE
Choses bien plaisantes, apprises dans un laboratoire

LA CORDE DE PENOU
Outil moyen de gagner toujours

UN SUICIDE ET UN RÊVE
Enlèvement de Mme Hister avec l'aide
du Garin

Pour paraître successivement du même Auteur :

LE SUICIDE Nº 10
Supplique à madame Marie Blanc.

———

LE SUICIDE Nº 11
Raconté à madame Wagatha, sœur de madame Blanc.

———

LE SUICIDE Nº 12
Narration faite au voûté Stemler, dit Boulendos.

———

LE SUICIDE Nº 13
Le nombre fatal, raconté au finaud Wagatha.

———

PROJET DE MARIAGE
*Réflexions sur l'alliance de Mlle Blanc avec un prince noble
et valeureux, mais un peu décavé.*

———

LES AVENTURES DE MATHIEU (non de la Drôme)
Scènes prises dans une maison à grand numéro.

———

LA SCIENCE, LE PLAISIR ET L'HABILETÉ
Choses bien alambiquées, prises dans un laboratoire.

———

LA CORDE DE PENDU
Ou le moyen de gagner toujours.

———

UN SUICIDE ET UN RÊVE
Enterrement de Hans Lister aux frais du Casino.

———

LE CARCAN (Suite à partir du Nº 17).

www.ingramcontent.com/pod-product-compliance
Lightning Source LLC
Chambersburg PA
CBHW060858180626
46818CB00004B/1762